SV

Cees Nooteboom

Mokusei! Eine Liebesgeschichte

Aus dem Niederländischen von
Helga van Beuningen

Suhrkamp

Titel der Originalausgabe: *Mokusei! een liefdesverhaal*
B. V. Uitgeverij De Arbeiderspers,
Amsterdam 1982

Dritte Auflage 1992

Satz: LibroSatz, Kriftel
Druck: Nomos Verlagsgesellschaft, Baden-Baden
Bindung: Münchner Industriebuchbinderei
Urban Meister GmbH
Printed in Germany
ISBN 3-518-40294-3

Für Sjoerd Bakker

How hard – to make ashes of the mind.
Sugawara no Michizane, 9. Jh.

I

Der Fotograf, ein noch junger Mann Anfang Dreißig von sehr holländischem Aussehen, ging durch eine der belebten Geschäftsstraßen der Ginza. Er dachte an das Foto, das er hatte machen wollen. Es war spät am Abend, und er spürte die Kühle des frühen nördlichen Herbstes. Die feuchtkalte Luft, die vom Meer kommen mochte, verlieh der Atmosphäre etwas Ländliches, und womöglich war dies der Grund dafür, daß es ihm gelang, die barbarische Umgebung nicht in sich eindringen zu lassen und die Vision der Frau zu bewahren, die er hatte fotografieren wollen. Er hieß Arnold Pessers und war zum fünften Mal in Japan. Und dieses Mal, das wußte er, war das letzte. Er wußte auch, daß er, würde er sich wirklich umsehen, von Haß erfüllt würde, einem Haß, den er beim ersten Mal nicht für möglich gehalten hätte. Japan, dachte er, hatte ihm Japan genommen. Die beiden Japan, in denen die Japaner selbst sich dem Anschein nach so lautlos und ungerührt bewegten – bis jemand wie

Mishima mit einem flagranten, mutwilligen Selbstmord diese Fiktion durchbrach –, sie hatten auch ihn in zwei Teile gespalten und obendrein noch in etwas so Banales wie Liebe und Haß. Dieses Land, diese beiden Länder, würden nie die seinen werden. Das war an sich noch nicht schlimm, aber es hatte sich auch noch mit der vernichtenden Kraft einer gescheiterten Liebe gegen ihn gekehrt, so daß auch seine Liebe sich in Haß verwandelt hatte. Als er das erstemal seinem Freund de Goede davon erzählte, der bereits vier Jahre in der Kulturabteilung der belgischen Botschaft tätig war, hatte er ihn ausgelacht. Das war bei seinem ersten Zweifel gewesen, schon damals.

»Es gibt keine zwei Japan, zumindest nicht für Japaner. Für sie ist Japan unteilbar, falls sie überhaupt darüber nachdenken. Du bist, wie alle anderen, unter falschen Voraussetzungen hierhergekommen. Ich habe das nur zu oft erlebt. Man liest ein Buch von Tanizaki oder, wer weiß, gar *Shogun*, sieht sich eine Ausstellung von Hiroshige an, hat mal was von Zen gehört, und schon glaubt man Bescheid zu wissen. Das ist ein einziges großes Mißverständnis, im wahrsten Sinn des Wortes: Miß-verständnis. Ich kann das den Leuten immer ganz schnell klarmachen, ich brauche nur mit ihnen essen zu gehen. Es ist nicht so sehr, daß sie sich großtun, aber sie wollen dir doch zu gerne zeigen, daß sie sich auskennen, *old hands*, schon bevor sie den ersten Schritt hierher getan haben. *Sashimi, suimono, mizutaki* – das fließt ihnen nur so von den Lippen, als ob sie nie etwas anderes gegessen hätten, sie haben in Amsterdam im Okura oder Kyo geübt, du kannst sie mit nichts überraschen. Meist sind sie beim erstenmal hier auch ganz glücklich, wenn du die Sache richtig für sie organisierst. Sie wollen Ästhetik, und folglich müssen alle Hondas unsichtbar werden. Sie verschließen die Augen vor dem Vulgären, aus dem das Leben nun einmal zu drei Vierteln besteht, hier wie überall, und dabei sollst du ihnen helfen. Das heißt: nicht zu lange in Tokio bleiben, gleich nach Nikko oder mit dem Superexpreß, versteht sich, nach Kyoto, ganz klar.

Sie wollen partout in einem echten *ryokan* übernachten, mit ganzen Familien im Holzbottich hocken, Nachmittage im *Kabuki-za* verbringen und so tun, als verstünden sie es; nach Möglichkeit ein Kloster besuchen, und da finden sie dann die Bestätigung ihrer Vorstellung vom geistigen Japan. Was sie suchen, ist ein Holland, in dem jeder Lanzelot auswendig kann, oder ein Flandern, das nur aus Memling, der Altstadt von Brügge und der Ruusbroec-Forschung besteht. Solche Länder existieren nur in der Zeit, schon lange nicht mehr im Raum.«

Arnold Pessers wußte noch genau, wann dieses Gespräch stattgefunden hatte, oder besser gesagt, er erinnerte sich an den *Tag*, nicht mehr an das Jahr. Der Geburtstag des Kaisers war offenbar etwas so Mythisches, daß die Zahl des jeweiligen Jahres, in dem er stattfand, kaum noch eine Rolle spielte. Er sah es wieder vor sich. Sie hatten sich in eine lange Schlange Japaner vor den unmenschlich hohen Toren des kaiserlichen Palasts

In Tokio unterhalten sich ein Niederländer und ein Belgier über die zwei Gesichter Japans: die europäische (exotische, reine) Idee Japans und das wirkliche Japan. Der eine ist Diplomat, der andere Fotograf. Der Diplomat verhilft dem Fotografen zu einem Model, mit dem er »typisch japanische« Aufnahmen vor dem Berg Fuji macht. Er verliebt sich unsterblich und kehrt in den folgenden fünf Jahren so oft wie möglich nach Japan zurück. Er ruiniert sich, vernachlässigt seine Freunde, fühlt sich in Holland unwirklich. Beim letzten Treffen wird der erste Fototermin wiederholt. Alles ist, als wäre die Zeit stehengeblieben, aber am Abend eröffnet ihm die Geliebte, daß sie heiraten werde.

Eine Japanerin und ein Europäer: zwei Kulturen treffen aufeinander; die Fremdheit erzeugt Projektion und Spannung und das Gefühl der Gefahr. Leben und Tod, Realität und Irrealität, das Gesicht und die Masken, das Foto und die Wirklichkeit, das ideale und das wirkliche Japan, die gewöhnliche Japanerin und das Idealbild der Geliebten, mit der er sich auf ewig hatte vereinigen wollen. Ein Divertimento.

»Mokusei ist eine der wenigen japanischen Pflanzen, die duften, so lernte er später, und so hatte er sie fortan genannt, Mokusei. Jetzt hatte sie drei Namen, einen geheimen, für ihn allein, Schneemaske, ihren eigenen, Satoko, den er nie benutzte, und Mokusei.«

Mokusei aber ist auch der Anklang an den Namen des Künstlers Hokusai: In der verzweiflungsvoll leergefegten Wohnung des Fotografen hing zuletzt ein Bild von Hokusai, das den abgetrennten Kopf einer Frau zeigt.

Cees Nootebooms Buch, das so einfach anmutende und doch sehr kunstvoll arrangierte Buch Arnold Pessers, diese Geschichte einer zweifachen Obsession, die des Fotografen, der ein Beobachter ist, und die des Liebenden, der ein Blinder ist, ist die Suche nach einem Ideal, das wider die Vergänglichkeit Dauer verleiht; nach einer verstehbaren, nicht unergründlichen, japanischen Welt, nach einer Wahrheit jenseits aller Trivialitäten; nach einem Land, das ihn nicht in ein anderes entläßt, um sich dann zu verflüchtigen oder sich als Schmerz des Verzichts zu äußern. Nooteboom macht durchschaubar, wohin das Motto von Sugawara no Michizane aus dem 9. Jahrhundert führt: How hard – to make ashes of the mind. Wie schwer ist es doch – den Geist zu Asche werden zu lassen.

eingereiht. Der göttliche Schemen, so hieß es, sei an diesem Tag schon zweimal am Fenster erschienen, und es sei nicht sicher, ob er sich noch einmal zeigen würde. Offiziere mit Schwertern richteten unablässig die Reihe aus. An der Schneide entlangspähend, als käme ein Feind am Horizont angerückt, spannten sie ein imaginäres Seil entlang der Menge – jeder überstehende Ellbogen würde abgehackt werden. Arnold Pessers dachte an ein Foto, das er irgendwann einmal gesehen hatte, auf dem ein japanischer Soldat im Begriff war, einen auf einem Holzklotz sitzenden australischen Kriegsgefangenen zu enthaupten. Er erinnerte sich an die weißen, rührenden Knie des Mannes mit den verbundenen Augen und an das in der Tropensonne aufblitzende hoch erhobene Schwert, das in weniger als einer Sekunde herabsausen würde, wonach der Kopf durch die Luft flöge und der Körper mit dieser lächerlichen kurzen Hose zur Seite fiele. Er hatte sich immer wieder gefragt, ob er dieses Foto gemacht hätte, und meinte, nein. Ihn schauderte.

»Existiert *dies* denn nicht in der Zeit?« fragte er.
De Goede zuckte mit den Achseln.
»Gewiß, ja und ob. Was du hier aber siehst, ist etwas, wovon du annimmst, daß es reine, heilige Tradition ist. So verkaufen sie es auch am liebsten. Diese Tore öffnen sich nur einmal im Jahr. Dieses eine Mal darf das Volk dann über die Gartenwege laufen, über die sonst nur der Kaiser schreitet. Und Kaiser gab es hier, wie du weißt, schon in nebliger Vorzeit. Kaiserdämmerung! Das geht weit bis in vorchristliche Jahrhunderte zurück, der gegenwärtige Kaiser ist, glaube ich, der einhundertdreißigste. Und ein direkter Nachfahre, haha. So stehst du mit uralten Zeiten in Verbindung, und das scheint für viele Menschen ein erhebendes Gefühl zu sein. Was ich sehe, sind ein paar gräßliche Militärs, die nicht die geringste Improvisation dulden. Dieses Volk ist krankhaft gehorsam. Versuch nur ja nicht, aus der Reihe zu tanzen.«
Bewußt trat de Goede nun einen Schritt zur Seite, wodurch das imaginäre Seil die gerade

Linie verlor. Sofort kam einer der Offiziere eilends anmarschiert, um ihn in die Reihe zurückzudrängen.

»Tausend vorwurfsvolle Schlitzaugen durchbohren meinen Rücken«, sagte de Goede fröhlich. »Aber ich bin ein flämischer Riese, ich kann's ertragen.«

In diesem Augenblick öffneten sich die ehrfurchtgebietenden Palasttore.

»Und jetzt?« fragte Arnold.

»Paß auf und halte deine heilige Visitenkarte parat.«

Sie gingen als zögernde Menge die kaiserlichen Wege entlang, nein, sie wurden wie eine Herde Schafe in eine Richtung geführt, bis sie schließlich in Sichtweite des wuchtigen Palasts zu ein paar Holztischen gelangten, auf die alle Männer, wie es schien ausnahmslos, ihre Visitenkarte legten.

»Die wird der Sohn des Himmels heute abend alle lesen«, sagte de Goede vergnügt.

Zögernd blieben die Japaner um sie herum stehen und starrten noch eine Weile auf die blinden Fenster, aber es zeigte sich niemand, kein Mensch und kein Gott, und mit sanftem

Nachdruck wurden sie weggeführt, um der nächsten Gruppe Platz zu machen.
Fast mechanisch knipste Arnold Pessers ein paar Filme voll mit der huldvoll melancholischen Pracht der kaiserlichen Blumen, doch seine Gedanken waren noch bei dem, was sein alter Freund vorhin gesagt hatte.
»Und trotzdem verstehe ich nicht ganz, was du meinst«, sagte er, nachdem seine Leica unter leisem Seufzen und Klicken die violette und goldene Blütenpracht in sich aufgesaugt hatte.
»Womit?« fragte de Goede.
»Mit Raum und Zeit.«
»Das ist doch ganz einfach. *Une manière de dire*. Die meisten Europäer und Amerikaner, die hierherkommen – nicht unbedingt die Geschäftsleute, denn die wachen sehr schnell aus ihrem Traum auf, sagen wir, die *Kunstliebhaber* –, wissen im Grunde nichts von Japan. Sie wissen, daß es anders ist, aber Vietnam und die Elfenbeinküste sind auch anders. Japan ist, wenn man so sagen darf, *anders* anders. Aber wie soll man das erklären? Sie sprechen die Sprache nicht und

werden sie in den meisten Fällen auch nie sprechen, sie wissen zwar etwas über die Kultur und wiederum nichts, doch das kümmert sie wenig, sie haben etwas Besseres, sie haben eine *Vorstellung* von Japan. Und die hat dann immer etwas mit einer gewissen Form von Askese oder Reinheit, oder wie man das auch nennen will, zu tun. Kurz gesagt läuft es darauf hinaus, daß sie davon überzeugt sind, die Japaner hätten es verstanden, ihr Erbe reiner zu erhalten, sozusagen eine Art Reinkultur.

Rein ist überhaupt das Stichwort. Die *reine* Schönheit der Kalligraphie. Die reine Ästhetik des Blumenanordnens, des Essens, des täglichen Lebens. Die Häßlichkeit, die Stupidität, die bedingungslose Hörigkeit, mit der sie unsere schlechtesten Gewohnheiten übernehmen, die Markenabhängigkeit, die bis ins Lächerliche nachgeäffte Dekadenz, sie wollen es nicht sehen. Am schlimmsten sind die poetischen Naturen. Sie können gar nicht oft genug erzählen, daß die Samurai Gedichte geschrieben haben und das auch noch in einer Zeit, als die Sprachen, in die diese Gedichte jetzt übersetzt werden, noch nicht einmal erfunden waren. Sobald Dichter von Militärs und Geschäften zu sprechen beginnen, heißt es aufgepaßt. »Die Samuraiklasse steht an der Wiege des heutigen japanischen Wirtschaftswunders«, las ich erst kürzlich. Das war ein Landsmann von dir. Mamma mia, sie kommen sich schon als halbe Buddhisten vor, wenn sie ein Büchlein von zwanzig Seiten gelesen haben, verfassen Haikus in ihren westlich eingerichteten Hotelzimmern und vergessen, den Fernseher dabei abzuschalten, und ziehen mit einem Polyglott-Reiseführer durch das Tempelghetto von Kyoto, ohne die Stilnuancen zwischen den einzelnen Epochen erkennen zu können. Die Enttäuschung kommt immer erst später, dann aber schlägt's rigoros um. Die Klagen wollen kein Ende nehmen und lassen jetzt die Prägnanz des echten Haiku vermissen: ›Die Japaner sind unzugänglich, lassen einen nicht an sich heran, können keine Fremdsprachen, lachen immer nur höflich, besitzen keine

Individualität, machen Ausverkauf, sind ihr eigenes Land nicht wert.‹ Und so weiter.«

»Was hältst *du* denn von Japan?«

»Ich denke schon, daß es das Japan, von dem diese Leute sprechen, von dem sie *zuerst* sprachen, mal gegeben hat. In der Zeit. Bevor wir es gezwungen haben, unseren Weg einzuschlagen. Wahnsinn. Eine Insel, die sich wie eine Garnele an den großen Bauch Asiens preßt, mit aller Gewalt im Sog des morbiden Fortschritts mitziehen zu wollen. Commander Perry. Kleine Taten, schlimme Folgen.«

»Also hat es doch mal so etwas gegeben?«

»So etwas, ja. Vielleicht. In der Zeit. Irgendwann einmal.«

»Und davon ist nichts mehr übrig?«

»Genug. Aber man muß es suchen. Und es ist nicht leicht zugänglich, doch das war es nie. Für Lafcadio Hearn vielleicht, damals. Oder für Siebold. Aber schon nicht mehr für uns. Wir sind faul, und sie haben sich verändert. Obwohl . . .«

»Wie denkst du selbst denn über Japan?«

De Goede blieb stehen. Zum erstenmal fiel ein Schatten des Zweifels über sein meist ziemlich unbewegtes Gesicht.
»Ich verstehe nichts von Japan«, sagte er. »Ich weiß viel und verstehe immer weniger. In der vorigen Woche ist ein deutscher Kollege schreiend in einer Zwangsjacke mit der Lufthansa abtransportiert worden. Japanitis wird das genannt. Sprach Japanisch, hatte über Bunraku promoviert, war mit einer Japanerin verheiratet, *name it*. Gegen die Wand gerannt, schreiend.«
»Ost ist Ost und West ist West?«
»Ach nein«, sagte de Goede ungeduldig. »Himmel noch mal, ich war in Bangkok und in Ulan Bator stationiert. Kein Problem. Viele Probleme, das schon, aber kein Problem. Nur diese idiotische Mischform . . . Demnächst gibt es in London die große Tokugawa-Ausstellung, ein einziger großer Schaukasten des heiligen, unbefleckten Japan, Reinkultur. Den unvorstellbar blutrünstigen Tyrannen, die die Tokugawa auch waren, wirst du da nicht begegnen. Was bleibt, ist die Kunst, genau wie bei den Me-

dici. Kunst ist für alles gut, sogar um Toyotas zu verkaufen.«
Sie blieben bei einigen merkwürdig zurechtgestutzten Sträuchern stehen. Die sehen ja wie Tiere ohne Köpfe aus, dachte Arnold Pessers. Er machte kein Foto. Es schien, als lägen diese Sträucher auf dem kurzgeschorenen Rasen, als könnten sie unmöglich Wurzeln haben. Er blickte auf den tiefen, trauernden Purpur der Ahorne dahinter und dann auf die Menschen, die schweigend, als hätten sie etwas erlebt, wofür es keine Worte gab, zum Ausgang liefen. Plötzlich sah er, um wieviel größer und gröber sein Freund und er gebaut waren. Ein van der Weyden und ein Jan Steen, hatte de Goede mal spöttisch gesagt, und so war es, auf geheimnisvolle Weise war es auch ihren werten Vorfahren gelungen, diese unveräußerlichen Merkmale über eine unendliche Reihe von Paarungen und Schwangerschaften unversehrt bis in diesen Garten zu bringen, und für einen Moment standen sie da als Nachfahren, mehr als irgend etwas sonst, massige, blasse Gestalten einer anderen Rasse. Sie se-

hen uns nicht einmal, dachte er, sie wollen uns nicht sehen. Es war irgendwie seltsam, sich so massig und zugleich doch unsichtbar zu fühlen, als könnte man seinem Gewicht zum Trotz schweben. Es machte ihn ein wenig schwindlig, und er beschloß, nicht mehr daran zu denken.

»Und trotzdem liebe ich sie«, sage de Goede, als habe auch er Bilanz gezogen. »Weißt du, was ich am merkwürdigsten an ihnen finde? Ihre größten Helden sind Versager. In einem Land, in dem man sich am liebsten als Menge tarnt und nicht auffällt, sind die paar Verrückten, die gegen den Strom schwimmen und auf verzweifelte Weise scheitern, die Helden. Wenn sie nur scheitern, wenn das Ende nur grausam und hoffnungslos ist und der Fluch vorhersehbar. Ich habe ein Buch darüber, *The nobility of failure*, das mußt du mal lesen.«

2

The nobility of failure, dieser Titel war mit der Kraft eines Slogans in Arnold Pessers eingedrungen, eine Formel, die man leise vor sich hin murmeln konnte und die dann eine seltsame Macht gewann. Darüber hinaus hatte er sich an diesem Nachmittag aufs Schweigen verlegt, jetzt aber, so viele Jahre später, kam ihm die Quintessenz jenes Gesprächs wieder mit aller Eindringlichkeit zum Bewußtsein. Er betrat eine modische Espressobar und nahm in dem violetten Neonlicht Platz, das eine japanische Haut so tödlich grau aussehen lassen kann. Die irritierende Untadeligkeit, mit der die Menschen um ihn gekleidet waren, machte ihn beklommen, als befände er sich in Eindhoven, doch er wollte noch nicht zurück in das Apartment, aus dem er gerade gekommen war. Die Frau, die er dort zurückgelassen hatte, sollte schlafen, erst dann würde er zu ihr zurückgehen. Er schloß die Augen und sah das Foto, das er nicht gemacht hatte. »*Après l'amour*« hätte es heißen müssen, dachte er finster. Sie hatten miteinander geschlafen – zum letztenmal in dem Zimmer, in dem sie es so oft getan hatten –, zwei Fremde in einem totenstillen Kubus, menschliche Wesen, eine seltsame Tierart, die jedenfalls nichts mit dem unaufhörlichen Großstadtverkehr zu tun haben konnte, der irgendwo in der Tiefe das ferne Geräusch eines stets im selben Ton gestrichenen Basses machte. Liebe war zwischen ihnen meist ein lautloses Geschehen, doch, er wußte keine anderen Worte dafür, nie ohne Gefahr. Bei niemandem sonst auf der Welt hatte er es je so empfunden, dieses Gefühl der Bedrohung, der Herausforderung von Wut und Krieg, gepaart mit unverständlichen Liebesbeteuerungen und einem als Beißen getarnten Streicheln. Aber gerade deshalb, das wußte er, war es Liebe – Liebe, die er kübelweise über ihr hätte ausgießen mögen, mit der er den östlichen, anderen, verschlossenen Körper über sich, neben sich, unter sich hätte überziehen mögen wie mit einem immerwährenden Licht, Liebe indes, die dennoch stets diesen Schatten einer so grausamen Intensität beibehalten hatte, daß er Angst bekam, wobei diese Angst wiederum, wie, das wußte er nicht, eben die Liebe ausmachte, seine Gefühle und seine Zärtlichkeit immer aufs neue entfachte und weitertrieb. Danach konnte er meist nicht schlafen, innere Unrast trieb ihn hinaus auf die Straße. Er kam sich wieder in demütigender Weise als Angehöriger einer anderen Rasse vor, eines billigen, oberflächlichen, banalen Menschenschlags, der tiefere Emotionen mit Rauchen, Scherzen, Parlieren, Sichdistanzieren vertreiben mußte.

So war es auch an diesem Abend. Als er an die Affären zurückdachte, die er in seinem Leben (dem langen Leben eines vierunddreißigjährigen Utrechter Fotografen!) gehabt hatte, wußte er, daß es nie viel mehr gewesen war als gegenseitiges Konsumieren, zwei Körper, die nur auf Genuß aus waren. Manchmal war das durchaus mit Zärtlichkeit vermischt oder mit jenem anderen Element, das meist zu Unrecht Liebe genannt wird, nie aber war es ein so schweigender, fast erbitterter Kampf, bei dem es darum zu gehen schien, soweit wie möglich der andere zu werden. War das Unsinn? Er wußte es nicht zu sagen, doch es war das, was er oft gedacht hatte: daß er sie werden wollte und daß er das Gefühl hatte, ohne daß einer von ihnen es je ausgesprochen hätte, auch bei ihr geschehe genau das gleiche, auch sie, so idiotisch es klang, versuche, von seinem Körper Besitz zu ergreifen, nicht, um ihn zu haben, sondern um er zu *sein*.

Er würde dies nie jemandem erklären können. Wie kann man einem anderen, und sei es der beste Freund, beschreiben, wie am Griff einer Frauenhand zu spüren ist, daß diese von einer Begierde getrieben wurde, die weit über jeden kurzweiligen Besitz hinausging, daß diese Hand nach seinem Gebein griff, nach Schultern, Ellbogen, Knien, dem Becken, dem Kopf, überall wo es mehr Knochen als Fleisch gab, als wüßte sie, daß da sein eigentlicher Wesenskern steckte, daß seine Seele eher in dem harten, technischen Teil seines Körpers wohnte als in dem weichen, der so viel eher vergehen würde. Er hatte gelernt, solche Gedanken für sich zu behalten.

3

Er bestellte einen zweiten Espresso. Eines wußte er genau, als er das Gesicht des Mädchens ansah, das ihm die Bestellung brachte,

es war nicht das Japanische, das ihn in erster Linie angezogen hatte. Es war das Japanische *im* Japanischen, besser konnte er es auch jetzt nicht ausdrücken. Für ihn würde stets etwas Unwirkliches in all diesen verschlossenen Gesichtern bleiben; das ihre aber hatte in sich schon eine doppelte Maske, nicht das Gekünstelte der nach westlicher Art hergerichteten Puppengesichter mit operierten Augenlidern, wie man es überall sehen konnte, sondern eine Maske unter dieser Maske, so als wäre in ihr ein älteres Volk vorhanden. Mongolen, Ainu, Kirgisen, ein magischer unbekannter Nomadenstamm, ein Steppenvolk, das sich in ihr niedergelassen hatte, wodurch man, in der Berührung mit ihr, mit verlorenen Zeiten in Berührung kam, mit etwas, das nicht mehr existierte und nie mehr existieren würde.
So hatte sie ihn angesehen, und auch jetzt wieder, als er sagte, er wolle noch ein bißchen spazierengehen. Zu lange durfte er sich nie in ihrem Blick verlieren, sonst würde er bleiben und Stunden schlaflos neben ihr liegen. Rasch hatte er die Reispapiertür zur

Seite geschoben und war hinausgegangen. Doch bevor er an der Wohnungstür war, hatte er sich noch einmal umgedreht. Sie war nur halb ausgezogen und stand im Türspalt da wie eine weiße erotische Skulptur, ein sich kaum bewegendes Bild im kahlen Dekor des japanischen Raums. Sein Blick war ein doppelter, der des Liebhabers und der des Fotografen. Der Liebhaber wußte, daß er sich nie hätte umdrehen dürfen, weil er sie dann verlieren würde, der Fotograf faßte um so begieriger das ganze Bild in einem Rahmen zusammen: das Reispapier der Türen, die einzelnen Felder zwischen den schmalen Holzrahmen, die mit einer in hellen Grautönen gehaltenen Berglandschaft bemalt waren, feine getuschte Pinselstriche, die die Natur eher andeuteten als wiedergaben. Weil die Tür aufgeschoben war, stimmte die Landschaft nicht mehr. Auch diese erdachte Welt hatte sich, so schien es, auf der einen Seite verdoppelt, während in der Mitte eine Leere entstanden war, hinter der sie wie eine Schicksalsgöttin mitten im Raum dastand.

4

Beim ersten Mal, als er sie gesehen hatte, vor nunmehr fünf Jahren, hatte er ihrem Gesicht den Namen gegeben, den er noch immer vor sich hin murmelte, wenn er an sie dachte: Schneemaske. Er war nach Japan gekommen, um so etwas Banales wie einen Reiseprospekt für irgendeine noble, selbstverständlich aber kommerzielle Institution zu machen. Selbst wenn es sich um eine Reportage über Zementfabriken oder Gefängnisse gehandelt hätte, er wäre gefahren. Seine Welt, und damit hatte er sich abgefunden, war die Welt der Prospekte, der nichtssagenden Blätter, die nie jemand sah, war Verderbtheit, Kommerz, Sumpf. Genaugenommen hatte er sich nicht damit abgefunden, er hatte einen Beschluß gefaßt. Er wußte, daß er nicht gut genug war, um so unabhängig zu sein, um sich seine Themen selbst aussuchen zu können, und selbst jene, die so gut waren, konnten kaum davon leben. Er hatte de Goede einmal, als sie auf dieses Thema zu sprechen kamen, aus der

Fassung gebracht, indem er ihm sein Lieblingsfoto gezeigt hatte.

»Das habe ich immer bei mir«, hatte er, doch noch verlegen, gesagt, als sei es kindisch, das, was einem das Liebste ist, bei sich zu haben wie ein Taxifahrer das Foto von Frau und Kind auf dem Armaturenbrett. Er hatte das Foto an die Innenseite seines Kamerakoffers geklebt. Sein Talisman war es, sein Amulett, doch das ging niemanden etwas an. Es war eine Seite aus *Zoom*. Für einen Augenblick hatte es so ausgesehen, als würde de Goede lachen. Der rundliche, in einen zu kleinen Kimono gehüllte weiße, weiche Körper war noch etwas mehr in sich zusammengesunken, die Hand mit dem Wappenring hatte das Foto von ihm weggehalten, er, Arnold, durfte es sich jetzt nicht ansehen. Er aber kannte es auswendig, als hätte er es hundertmal gemacht. Es war ein Foto von 1858, und eigentlich war nichts darauf zu sehen. Er hatte es zum erstenmal in den Notman Photographic Archives im McCordmuseum in Montreal gesehen. Seine Aufmerksamkeit war zunächst nur durch die Form erregt worden, denn während die unteren Ecken gerade waren, wie es sich gehörte, waren die beiden oberen Ecken leicht abgerundet, so daß das Foto die Form eines Tunnels bekommen hatte, eines finsteren obendrein. »*The prairie on the bank of the Red River, Humphrey Lloyd Hime*« stand dabei – und genau das war auf dem Foto zu sehen, eine graue, bleierne, *altmodische* Ebene, in der Prärie und Wasser, wie es schien, unterschiedslos ineinander übergingen. Der Horizont eine gerade Linie, darüber ein ebenso desolater Himmel von hellerem Grau, ohne die geringste Nuance. Also zwei Ebenen, die eine von dunklem, die andere von hellerem Grau. Und doch, wenn man länger hinschaute, kam so etwas wie Bewegung in die toten Flächen, ein winziges bißchen Licht im oberen Teil hatte sich dem dunkleren Teil darunter mitgeteilt, so daß etwas von dem Licht, das an jenem Tag auf diesen düsteren Fluß geschienen hatte, bewahrt geblieben war, ein paar Striche, ein paar Flecke, ein Schimmern, so wie das Licht der Sterne etwas von dem erzählen will, was geschah, bevor es Menschen

gab, und dies auch erzählte, wenn die Menschen nie aufgetaucht wären, selbst wenn sich in einem solchen Fall die Frage erhöbe, wozu oder, besser gesagt, für wen?
Auf dem Vordergrund des Fotos sah man schließlich, wenn man es weiter unverwandt betrachtete, einen verschwommenen, fast schmutzigen Strich, der das Ufer darstellen sollte, den Beginn des flachen, ohne jeden Zweifel morastigen Landes, wo der lächerliche Fotograf mit seinem Stativ gestanden haben mußte, Licht absorbierend, um dieses leere, klägliche Bild ohne Mensch, Baum oder Tier festzuhalten.
Albumen-silver from a glass negative. Es rührte ihn auf eine Weise, daß er nicht darüber zu sprechen wagte, denn wenn er es täte, müßte er gestehen, daß man vor diesem Foto am besten weinen könne.
»*Mono no aware*«, hatte de Goede gesagt.
»Was?«
»›Das Pathos der Dinge‹. Das ist hier ein Begriff, du wirst ihn noch öfter hören. Er bedeutet genau, was er sagt. Er klingt übrigens auch so.«

»*Mono no aware*«, der Fotograf hatte diese Worte wiederholt und nie mehr vergessen. Sie paßten genau zu dem Foto.
»Was würdest du am liebsten fotografieren, wenn du diesen ganzen Blödsinn nicht zu machen brauchtest?«
»Steine.«
De Goede hatte gelacht und, was schlimmer war, er hatte nicht mehr aufhören können, bis Arnold Pessers begriff, daß dies als besondere Art von Zustimmung gemeint war. Aber das war alles schon lange her.

5

Lange her und doch wie gestern. Für diese Art von Zeitangaben gibt es keine Verbform. Die Erinnerung spielt hin und her zwischen Plusquamperfekt und Imperfekt, genauso wie das Gedächtnis, läßt man ihm freien Lauf, der Zeittafel oft das Chaos vorzieht. Mit der Leidenschaft eines Bekehrten – darin irrte sich sein flämischer Freund kaum – hatte er nach Japan gewollt, als gäbe es dort, wie de Goede sagte, noch etwas zu finden, etwas, das wohl überall ausgestorben zu sein schien, mit Ausnahme vielleicht bei den Tuareg oder im verborgenen Dunkel des Amazonasgebiets, das aber jedenfalls nicht mehr in der Art Gesellschaft zu finden war, aus der er stammte und in der er, wie es schien, für den Rest seines Lebens würde bleiben müssen. Den Widerspruch zwischen diesen Gedanken und der Banalität des Reiseprospekts, in dem vor allem eine Dame im Kimono mit dem Berg Fuji im Hintergrund verlangt wurde, hatte er von sich geschoben, ebenso wie den Anblick der trostlosen Ballung verkommener Großstadtviertel während der endlosen Fahrt vom überfüllten Flughafen zum Hotel, das genauso ausgesehen hatte wie alle anderen Hotels der Welt.

Er hatte sich geweigert, Enttäuschung zu empfinden, und schrieb den Zweifel, den er mit soviel Kraft verdrängte, dem schrecklichen, über zwanzig Stunden dauernden Flug zu. Wer sich entschlossen hat zu genießen, wird dies meist auch tun. Er hatte hier schon zuviel investiert. Den Fernseher im Hotelzimmer ließ er ausgeschaltet, bewunderte dafür die Art und Weise, wie der Kimono zusammengelegt war, der auf dem Bett für ihn bereitlag. Auch auf die Reproduktion eines kalligraphischen Meisterwerks – eine schwarze, stürmische Spur unbegreiflicher, doch schöner, spannungsgeladener Zeichen auf blütenweißem Papier – starrte er, als könnte sie den Rest seiner Umgebung verbannen. Er aß im japanischen Restaurant seines Hotels, wo das Essen exorbitant teuer war, und genoß die anmutigen Bewegungen und hohen gurgelnden Laute der Kellnerinnen. Daß die Bewegungen durch die kleinen, stets gleichen Schrittchen, mit denen die Mädchen durch den Raum trippelten, auch etwas Mechanisches an sich hatten, wollte er nicht wahrhaben. Er war in Japan. Das ließ er sich nicht mehr nehmen.

6

Am nächsten Tag hatte er seinen Freund de Goede – den er früher bei einer Reportage über vietnamesische Flüchtlingslager im Norden von Thailand kennengelernt hatte –

in der Botschaft angerufen. Der Attaché hatte sich freigemacht, und gemeinsam waren sie zu einer Modellagentur gegangen, wo sie sich durch Stapel von Fotos japanischer Mädchen hindurcharbeiteten. Arnold Pessers hatte gelernt, durch das Nichtssagende solcher Fotos – die nur dazu bestimmt waren, einen lebendigen Menschen zu verkaufen – hindurchzusehen, diesmal aber konnte er nicht finden, was er suchte. Die Gesichter mit den aufgeschnittenen Lidern hatten etwas Verkrampftes, als wollten sie um jeden Preis anders sein, als sie waren (aber was war das?).

»*I want something more Japanese*«, hatte er schließlich gesagt und selber gehört, wie lächerlich das klang.

»*But they are all Japanese girls.*«

»*Yes I know, I can see that. But I am looking for something more eh . . .*«

»*Younger? You want young girl?*«

»*No . . . no, you don't understand. I want something more . . . real.*«

»Für ihn sind sie alle ›*real*‹«, sagte de Goede. »So bekommst du nicht, was du willst.«

Er sprach einen langen Satz auf japanisch, in dem Arnold ausschließlich die Worte »*deska*« oder etwas, das sich so ähnlich anhörte, heraushören konnte, weil diese Formel stets wiederkehrte und sich fragend anzuhören schien. Der Japaner hatte nach so einem *deska* immer mit etwas geantwortet, das wie *ach so* klang, aber sein Gesichtsausdruck hatte sich kein einziges Mal verändert.

»Ich glaube, er hat noch immer keinen blassen Schimmer, worum es geht«, sagte Arnold und lächelte sein freundlichstes Lächeln.

»In diesem Land mußt du Geduld haben, junger Freund.« De Goede war ein eifriger Bewunderer von Ollie B. Bommel.

Das Palaver ging endlos weiter. Nun erschien etwas wie Ablehnung auf dem Gesicht ihres fernöstlichen Gastherrn.

»*I want somebody who is not beautiful*«, versuchte Arnold es noch einmal.

»O mein Gott«, stöhnte de Goede, »haben Sie auch Fisch, der nicht frisch ist?«

Es wurde still. Der Mann sah sie unbewegt

an, sagte dann aber in einem Ton, als mache er sich doch Gedanken: »*Maybe in one hour I have girl you like.*«

Als sie eine Stunde später ins Zimmer trat, war Arnold Pessers zweierlei sofort klar. Erstens, daß sie die Frau war, die er suchte, und zweitens, daß ihre Erscheinung eine enorme Spannung in ihm erregte.

Sie hieß Satoko, doch nur dieses erste Mal sollte er sie so nennen. Ihr Gesicht, und auch dieses Bild war sofort dagewesen, erinnerte ihn an eine Schnee-Eule, die er einmal auf einer nächtlichen Fahrt in einem nördlichen Gebirge gesehen hatte. Das Tier war schon von weitem als weißer, beängstigender Gegenstand sichtbar gewesen, und er hatte, nach der Kamera neben sich tastend, langsam auf der verlassenen Landstraße angehalten. Die weiße Maske war ihm genau zugewandt, eine halbe Umdrehung weg vom Rumpf, und leuchtete ihn aus zwei runden gelben Augen an, abwehrend und geheimnisvoll – als er aber so vorsichtig wie möglich aus dem Auto steigen wollte, war das Tier mit raschelnden, trägen Flügelschlägen davongeflogen, nein, aufgestiegen. Und nun saß es hier vor ihm, in Tokio, in Gestalt einer Frau. Sie hatte die Stimme, die zu ihrem Gesicht paßte, sie lag zwischen hoch und tief, hörte sich anders an als bei den meisten Frauen. Ihr Englisch war rudimentär, und die Stille zwischen den zögernden Worten erhöhte die Spannung.

Er sagte ihr, daß er sie am Fuji fotografieren wolle, am liebsten in verschiedenen Kimonos, und de Goede besprach mit ihr das Wo und das Wie, »denn es gibt bestimmt eine Million Möglichkeiten, vorausgesetzt, daß dieser elende Berg sich zeigt. Die Hälfte der Zeit hat er den Kopf in den Wolken.«

Es war eine Überraschung, sie Japanisch sprechen zu hören. Das Timbre ihrer Stimme vertiefte sich, und zuweilen, wenn de Goede etwas sagte, das ihr offenbar neu oder ungewöhnlich vorkam, hob sie die Maske an und sagte mit tiefer Stimme oder halb fragend, jedenfalls in melodischem Tonfall etwas, das sich wie *ma* oder *mè* anhörte, ein zweitoniger Laut, der ihm der liebste in sei-

nem Leben werden sollte. De Goede hatte schließlich noch einen »echten« *ryokan* in Ukai-Toryama für sie reserviert.
»Ein oder zwei Zimmer?«
»Ich weiß nicht, wie das hier zugeht.«
»Meist geht es nicht darum, wie man sie rumkriegt, sondern wie man den Absprung kriegt.«

Am nächsten Tag herrschte strahlendes Herbstwetter. Sie war pünktlich an seinem Hotel.
»*Today we can see Fuji.*«
Es war noch sehr früh am Morgen, der Verkehr aber war bereits voll im Gang. Sie fuhren über eine Hochstraße, darunter erstreckte sich eine unendliche Landschaft grauen menschlichen Treibens, doch er achtete nicht darauf. Bald würde er draußen sein, die echte japanische Landschaft sehen. Etwas würde wahr werden von Hokusais hundert Ansichten des heiligen Bergs, etwas von der eleganten Stille aus hundert Haikus, etwas von der unvergleichlichen, mystischen Stimmung aus Bashos *Reise in den*

Norden. Es war nur gut, daß de Goede nicht da war, um seine Gedanken zu lesen.

»*There is Fuji-san*«, sagte sie plötzlich.

Er schaute, sah aber nichts. Vor ihnen fuhr ein riesiger Tankwagen, der Gestank wehte durch das offene Fenster herein.

»*I don't see anything*«, sagte er, und wie ein plötzlicher Stich durchfuhr ihn ein Gedanke. »*Diese Frau jagt mir Angst ein.*« Sie ließ das Lenkrad mit einer Hand los und zeigte auf eine Stelle am Horizont, die genauso leer war wie der Rest des Himmels.

»*You must look very well.*«

Plötzlich sah er es. In der Leere des noch vom Smog verschleierten Himmels zeichnete sich, kaum wahrnehmbar, die Form des Berges ab, aber eher so, als wäre der Himmel das massive Element und der Berg eine darin ausgesparte Leere. Er wirkte ganz zart, verschwommen, unwirklich.

»*I cannot stop here*«, sagte sie entschuldigend.

Er antwortete nicht und fragte sich, wie dieser Tag wohl verlaufen würde. Hinten im Auto lagen zwei Kimonos, ein heller und ein dunkler, mit unendlicher Sorgfalt zusammengelegt. Die Obis lagen daneben, und der obere goldfarbene fing den Schein der Sonne ein und leuchtete und loderte wie Feuer. Er versuchte sich vorzustellen, wie sie in diesen Kimonos aussehen würde, und blickte auf das kraftvolle, verschlossene Profil neben sich. An das Licht denkend, fragte er, wie lange es dauern würde, bis sie dort wären.

»*There are many places.*«

Er beschloß, alles Gott zu überlassen, und lehnte sich zurück. Was er sah, erfüllte ihn mit Heiterkeit, nicht von der fröhlichen, sondern von der ekstatischen Art. Vielleicht sollte man es einfach als Glücksgefühl bezeichnen. Er sah zwar, daß es häßlich war, die Schrift aber, die Zeichen auf Schildern, Wegweisern und Lastwagen glichen durch ihre Schönheit die größere Häßlichkeit aus, und außerdem, bald würden sie in der Natur sein. Dann erst waren sie in Japan. Wegen der Kurven der Straße sah er den Berg, dann wieder nicht, und schließlich war er ganz verschwunden. Ein Mann winkte dem Verkehr, die zweite Fahrspur zu verlassen, als sie näher kamen, sah er, daß es ein Roboter war. Das bedrohliche Gefühl, das von ihm ausging, das tödliche Gleichmaß, mit dem die mechanische Hand ihre Bewegungen vollführte, schüttelte er ab. Später, viel später, sollte er sich an diese Puppe als an den ersten Vorboten eines Unheils erinnern, das sowohl etwas mit ihm als auch mit Japan zu tun hatte. Wo diese beiden Dinge zusammentrafen, da befand sich sein Schicksal. So etwas war es gewesen.

An diesem Tag bekam er mehr Ansichten des Berges Fuji zu sehen, als Hokusai jemals gezeichnet hatte. Manchmal war es, als sei alles nur Täuschung, als gebe es Tausende solcher Berge. Unvermittelt tauchten sie auf, hinter einem Dorf, einem Wald, einer Wiese, stets mit dieser durchscheinenden, schneebedeckten Spitze, die manchmal geheimnisvoll im Himmel zu schweben schien und dann wieder auf fester Materie ruhte. Er kam ihm nicht bei. Ab und an bat er sie anzuhalten, rannte einen Hügel hinauf, sah auf den Berg durch Bäume oder im Gras liegend oder über die dunkle Wasserfläche eines Sees hinweg, in dem er sich spiegelte und dadurch doppelt rätselhaft wurde, jedesmal aber, wenn er in den Sucher sah und sie sich dazu vorstellte, wußte er, daß etwas nicht stimmte. Was er wollte, und zwar nicht für seinen Prospekt, sondern für sich selbst, war ein Fleck, wo die Frau und der Berg vollkommen ausgewogen zueinander gehörten, ineinander übergingen, sich gegenseitig in unbeweisbarem, doch offensichtlichem Gleichgewicht hielten. Nie durfte es eine Frau vor einem Berg, ein Berg mit einer Frau im Vordergrund oder eine Frau mit einem Berg im Hintergrund werden. Er selbst, der Fotograf, müßte unsichtbar und zugleich passioniert mit anwesend sein, und wie das zu bewerkstelligen sei, wußte er nicht. Der Berg war, ohne daß sich dies einleuchtend beweisen ließe, eine erotische Gegebenheit, seine hohe, spitz zulaufende Form würde der Erotik ihres Gesichts etwas hinzufügen, als wäre er zum Sinnbild einer Brust geworden, die auf dem Foto ihre unter dem Kimono eingeschnürten Brüste darstellte, eine der

Sonne zugewandte, von der Erde abgewandte Frauenbrust, die ihre unsichtbaren Brüste zum Ausdruck brachte, vielleicht sogar *war*, und so am Himmel schwebte, unerreichbar, unnahbar, und dadurch ein Verlangen weckte, das mit ihr in Verbindung gebracht werden würde, ohne daß jemand, der dieses Foto sah, sofort würde sagen können, warum.

7

Nachdem sie lange Zeit so gefahren waren, sagte sie, daß sie einen Platz kenne, wo sie früher einmal in der gleichen Jahreszeit für »schwedische Zeitschriften« fotografiert worden sei. Der Vorteil dieses Platzes sei, daß sie sich dort umziehen könne, und überdies sei es nicht weit von dem *ryokan*, wo sie übernachten würden. Ohne seinen Kommentar abzuwarten, hielt sie kurz darauf bei einem Teehaus an, das an einer Straßenbiegung lag.

Später, als alles vorbei war, sollte er viel darüber nachdenken: Wann beginnt so etwas, eine große Liebe? Vielleicht war es schon passiert, als er zum erstenmal ein Frauenbildnis von Utamaro sah, vielleicht während des langen Flugs über den Ozean, vielleicht als er sie jenes erste Mal in der Agentur gesehen hatte und vielleicht auch nicht. Eine große Liebe, dieses unaussprechliche, von Banalität vergiftete Ding, begann wahrscheinlich mit dem Verlangen, sie zu erleben. Und dieses Verlangen hatte er schon ein Leben lang. Es war die Vorbereitung auf den Augenblick gewesen, in dem er dastand und ihrer Stimme im Teehaus lauschte, jenem unverständlichen kleinen Wellenschlag von Frage und Antwort, mit dem die Zustimmung erbeten und gegeben wurde, irgendwo in einem anderen Raum des Etablissements ihre europäische Kleidung gegen die mitgebrachten Kimonos einzutauschen.

Sie verschwand. Er setzte sich an ein Fenster und blickte auf ein tiefes Tal hinaus, das über verschiedenerlei bizarres Grün unten zu einem Golfplatz verkam und dann wieder sprunghaft, düster und duftig zugleich, in Form von Wäldern über sanft, doch unaufhaltsam ansteigende Hügel emporklomm, um diesen Berg zu tragen, der da am Himmel entlangzog wie ein Gott in seinem Wagen. Als sie zurückkam, merkte er, wie verliebt er war. Es war ein Gefühl, an das er sich aus seiner Schulzeit erinnerte, es wütete durch den ganzen Körper, barg alle Möglichkeiten von Lust und Kummer in sich. Der Kimono war von rostiger, flammender Farbe, ein Fleck lebender Fäulnis, gebändigt vom chrysanthemgoldenen Obi. Sie ging auf die Terrasse, wo die Imitation eines Tempeltors auf alle Amateurfotografen der Welt wartete.

»*This very Japanese.*«

Der weiße Kegel des Fuji schwebte über ihrem Kopf wie die Krone der Schneekönigin, die Masse des Berges selbst floß über ihre Schultern und das elende, ach so japanische Tor. Er ging zu ihr, um das Licht an ihrem Gesicht zu messen, das die Sonne in rosige Glut getaucht hatte.

»*Yes, very Japanese*«, sagte er.

Dies also war das Gleichgewicht. Berg, Frau, Tor.

Sie war ein vollkommenes Modell. Immer wieder verstand sie es, durch winzigkleine Veränderungen der Haltung und des Ausdrucks sich ein anderes Bild für ihn auszudenken. Er hatte einen Ausdruck dafür: *Sie frißt Licht*, und das war nur möglich, weil sie genau wußte, wo das Licht war, ihr Licht. Sie arbeitete mit dem Licht, sie stahl das Licht, sie skulptierte sich selbst in immer anderen Posen, so daß bei ihm eine Gier entstand, die, als sie endlich aufhörten, bewirkte, daß er sich schwindlig fühlte. Er ließ sich an einer Säule des Tores in das kalte Gras sinken und starrte auf den Berg.

»*Okay?*« fragte sie.

»*Yes. Very good.*«

»*I change dress?*«

»*Yes.*«

Sie verschwand. Kurze Schrittchen ihrer weißen Füße. Ein Trippeln fast. Die Seide ihres Kimonos machte das Geräusch eines großen Vogels, der dicht über einen hinwegfliegt.

Der Abendhimmel stieg aus dem Tal empor und zog in Schleiern über die Straße.

»*Where do we go now?*«

»*Ukai-Toriyama.*«

Warum hatte er das nicht behalten? Ukai-Toriyama. Er versuchte die Laute, sprach sie leise aus. Das würde immer seltsam bleiben: mit einer Fremden im Auto zu sitzen, unterwegs zu einem Ort, von dem man nie zuvor gehört hatte. Ukai-Toriyama. Nebel tanzte im Scheinwerferlicht.

Er schloß die Augen.

»*Here it is*«, sagte sie leise.

Ob er lange geschlafen hatte, wußte er nicht, wohl aber, daß er geträumt hatte, er säße noch immer in diesem Flugzeug, hoch über dem Ozean, unterwegs zu ihr.

8

Sie bogen in eine baumbestandene Auffahrt mit hohen, auf Pfosten steckenden Fackeln, die vor dem noch hellen Abendhimmel brannten. Als er aus dem Auto stieg, hörte er das Geräusch eines Wasserrads und vereinzelte, eintönige Klänge eines Saiteninstruments.

»*What is that?*«

»*What do you mean?*«
»*This sound. Ting, ting?*«
»*Oh. This is samisen.*«
Samisen, ein federleichtes Wort.
Zwei Hausbedienstete in Schwarz nahmen den Koffer. Die Kimonos wollte sie selbst tragen. Etwas hielt ihn davon ab, das niedrige Gebäude zu betreten, in dem ein vager Lichtschein die Konturen verwischte. Es war noch immer nicht ganz dunkel, er wollte noch ein bißchen laufen.
»*I will come later.*«
Sie sah ihn an, sagte aber nichts. Das wird wohl nicht Japanisch sein, dachte er, während er wegging. Auf gut Glück schlug er einen Weg ein, der an den Nebengebäuden des Gasthauses entlangführte. In der Küche sah er Köche und Mädchen in blauen Schürzen. Sie konnten ihn nicht sehen. Der Weg schlängelte sich zwischen niedrigen Hügeln dahin, links hörte er das Geräusch eines schnellen Flusses. Er hatte das Gefühl, seine Seele, die er irgendwo über dem Ozean verloren haben mußte, geselle sich langsam wieder zu ihm. Irgendwo an einer Wegbie-

gung stand eine Art Altar mit verschiedenen Buddhafiguren. Sie trugen verschossene rote Schärpen und saßen da, allem entrückt, vor dem Hintergrund entblätterter Obstbäume, hinter denen unvermittelt ein runder Hügel mit Nadelbäumen aufragte. Jetzt bin ich da, dachte er. Jetzt bin ich wirklich da. Genau wie beim Wasser, bei dem ein hellerer und ein dunklerer Ton zu hören war, wurde durch die helle Öffnung zwischen den dunkelfarbenen Nadelbäumen ein zweiter, weiter zurückgelegener Hügel sichtbar. Er trat weiter vor. Diese Buddhas konnten ihren Ausdruck nie mehr verändern, die Jahreszeiten, die die Blätter der Obstbäume färben, verfärben und wieder fallen lassen würden, hatten auf diese Gesichter keinen Einfluß, sie selbst waren die Jahreszeiten. Davor standen Blumen von wütendem Violett, auf dem Boden lagen ein paar hingeworfene orangefarbene Früchte, die er nicht kannte. Er bückte sich, hob einen auf, schob mit dem Daumen die harte Haut zurück und aß von dem süßen, orangefarbenen Fleisch. Dann wandte er sich wieder dem Violett der Blumen zu. Die Blätter waren lang und dünn, aber die Blüten selbst hatten etwas Zerknittertes, Tropfen wie Quecksilber waren an den sie umschließenden grünen Blättern hängengeblieben. In allem war eine merkwürdige Einheit, das Geräusch des Wassers, die Dunkelheit, die sich langsam auf die Welt herabsenkte und den Nebel drängender, düsterer machte, es schien alles eins zu sein. Und dann war da noch das Geräusch der Grillen, jetzt noch, im Oktober, und das war es, was sie riefen, Oktober, Oktober.

Er ging dem Geräusch des Wassers nach. An einem kahlen Strauch zwischen schwarzen Bambusstengeln hing ein einziges, auch schon schwarz gewordenes Blatt – nicht an einem Stiel, sondern am abgerissenen, schwebenden Faden eines Spinnennetzes. Es war, als wollte die Natur, das andere, die Dinge ringsum, in ihn eindringen, sich seiner bemächtigen. Ihn schauderte, und er kehrte zum *ryokan* zurück. Ein Mädchen brachte ihn zu seinem Häuschen und rief etwas.

»*Hai!*«

Das Mädchen bedeutete ihm, die Schuhe auszuziehen, und schob die Tür auf. Sie hatte sich wie für ein Foto hingestellt, und was das bedeutet, wissen Fotografen am besten. Sie wollte so, wie sie sich selbst in Szene gesetzt hatte, gesehen werden und danach bewahrt.

Arnold Pessers konnte nie ein Foto betrachten, ohne daran zu denken. Nichts fand er faszinierender als Fotos von Unbekannten, von Unbekannten gemacht, und am besten noch vor so langer Zeit, daß alle Betroffenen mit Sicherheit tot waren. Und manchmal wußte er mit untrüglicher Sicherheit, daß er selbst solch ein Foto machte, ein Bild, das ein beliebiger Passant irgendwann einmal, irgendwo, an einem Stand oder in einem Geschäft finden würde. Was würde dieser Unbekannte sehen? Überzogen mit dem Vergehen der Zeit – aber das ließ sich ja jederzeit beseitigen – würde er sehen, was Arnold Pessers, der dann namenlose Fotograf, *jetzt* sah: eine Japanerin im Kimono, in einem niedrigen, nüchternen Raum stehend, mit einem *kakemono* rechts von ihr, auf dem eine

einzelne Blüte abgebildet war. Bis auf einen niedrigen Tisch befanden sich in diesem Raum keine Möbel.
Ihr Kimono war grau mit roten und goldenen Flammen, das aufgesteckte Haar glänzte im selben gelblichen Licht, das auch ihr ausdrucksvolles Gesicht beleuchtete. Sie stand reglos, eingefroren, in Szene gesetzt. Er nahm seine Kleinbildkamera und den Blitz und hielt sie auf Ektachrom fest, schnell und so rhythmisch, daß das leise zischende Klikken des Verschlusses einer Zeitangabe glich. Etwas verging, nicht Sekunden, sondern Fotozeit, Zeit, in der Zeit geschluckt und bewahrt wurde.
Als er fertig war, sagte er: »*You are very beautiful.*« Das Begrenzte dieses Satzes gefiel ihm. Erst wenn die anderen wenig verstanden, konnten sie alles begreifen. Das war sehr beruhigend, Sprache verdarb unter Menschen gleicher Sprache viel, weil, dachte er, unweigerlich gelogen wurde, sobald man zu sprechen begann.
Die Tür wurde aufgeschoben. Ein Mädchen in schlichtem blauem Kimono kam kniend

herein und schob ein kleines Schilfkörbchen mit heißen Tüchern vor sich her. Ein zweites Mädchen brachte eine Schale mit rohem Fisch und zwei kleine Sakekrüge aus rohem Ton, so etwas wie Miniaturen griechischer Amphoren mit nur einem Henkel, die liegend ins Feuer kommen. Satoko hatte sich unter viel Kimonogeraschel hingesetzt und schenkte ihm ein, die Schneemaske nach unten geneigt, das schwarzglänzende Haar ihm zugewandt.

»*Raw carp. Fish from river. From Ukai.*«

Roher Karpfen, Stare, Wachteln, ein Fisch namens *ayu*, Tofu, Wachteleier am Holzspieß, in einer letzten Wellenbewegung aufgespießte Bachforellen, stets unter dem Aussprechen leise gemurmelter Formeln wurde es hineingeschoben, die Beflissenheit der Mädchen ging lautlos in die von Satoko über, sie röstete, schenkte ein, lachte – doch ob das etwas bedeutete, wußte er nicht, denn sie sprach kaum. So hockten sie auf ihren *zabutons* da wie ein japanisches Ehepaar, das bereits zwanzig Jahre miteinander verbracht hat. Von Zeit zu Zeit sahen sie sich an, bedeuteten mit den Augen oder mit albernen Gesten, etwas schmecke gut. Immer, wenn sein Schälchen leer war, schenkte sie nach. Jede ihrer Bewegungen war von fließender Anmut, es gab nichts zu wollen, zu verlangen, zu fragen. Ganz leise erklang von draußen noch immer die *samisen*, die ihren Goldfaden durch die Stille und das fast unhörbare Rauschen des fernen Wasserrads spann. Nach dem grünen, leicht bitteren Tee legte sie, für einen Moment nur und ganz leicht, ihre Hand auf sein Knie.

»*We shall walk garden?*«

Die Fackeln warfen Flecke düsteren, theatralischen Lichts auf die naßglänzenden Steine des Gartenwegs. Er fühlte sich von Geräuschen umgeben, aber jedes dieser Geräusche war klein und für sich genommen unbedeutend, der Bach, ein Wasserfall, das langsam mahlende Rad, das Scharren ihrer hohen Holzsandalen über den Boden, das Übereinanderschieben ihrer Kimonoschöße, das Rascheln des Winds in den bizarren nächtlichen Sträuchern. Sie hatte seine Hand genommen, es schien, als vollzöge sie einen

Tanz mit ihm, einen Tanz im Labyrinth jenes Gartens, der nirgendwo sonst existieren konnte als in einer für immer entschwundenen Zeit. Hinter den Reispapierfenstern sah er die Schemen und Schatten anderer Menschen, aus einigen der kleinen spitzgiebligen Reetdachhäuser erklang Lachen und Singen. Es existierte, dachte er, und zugleich existierte es nicht. Er gehörte nicht dazu, er war mit ihr hier und hatte nichts damit zu tun. Es würde ihn ausstoßen, so wie ein Körper das Herz eines anderen von sich stößt. Das Wort Traum wollte er von sich schieben, aber immer wieder tauchte es auf, und was er fühlte, war wieder diese idiotische Mischung aus Kummer und Glück, doch so heftig, daß er es kaum ertrug. Und die ganze Zeit ließ der Beruf ihn nicht los, er schaute, fotografierte mit den Augen, eine Wassertonne, einen Zwergbaum, eine Chrysantheme wie eine Waffe, ein raschelndes Schattengewächs aus Schilf.

Als sie zu ihrem eigenen Häuschen zurückkamen, war das Licht gedämpft, und auf dem Platz, wo der Tisch gestanden hatte, lag jetzt, auf den sanft federnden Binsenmatten, ein Bett mit einer leichten Daunendecke, an einer Ecke zurückgeschlagen.

In dieser Nacht begann die einzige wirkliche Liebesgeschichte seines Lebens. Wenn er später mit Freunden darüber sprechen wollte, merkte er, daß man über diese Dinge nur in den elementarsten Begriffen sprechen kann und daß dies zugleich die Begriffe sind, die am ehesten Gelächter oder Ungläubigkeit hervorrufen. Doch genauso war es. Es war eine Leidenschaft, die ihn bis zum Grund verbrennen und alles danach und davor verwischen sollte, weil es dieses Mal Liebe war und erst danach Geschichte. Lust, sagt man, vergißt man wie Schmerz, und vielleicht ist es auch so. Aber das Geschehen an sich war unvergeßlich, was er empfunden hatte, würde er immer wieder von neuem erleben müssen, um es wieder zu wissen, aber was er gesehen hatte, war geblieben – der Wajangtanz der Fackeln und Bambusstengel draußen vor den papiernen Schirmen, die absolute, unerbittliche Intensität bei allem, was sie tat, die Mischung aus

Schweiß und Tränen auf dem weißen, glänzenden Gesicht, das damals und stets danach eine Maske geblieben war, die Spannung und das Brechen ihres Körpers, der in hundert Bruchstücken weiter durch seine Erinnerung irren würde, umherwirbelnde Folgen von Großaufnahmen dieser matten, schimmernden Haut, die Form ihrer Brüste, der sich öffnenden, weit ausgebreiteten Arme, die ihn irgendwo in der Luft fingen und herabzogen, das und vor allem die Geste, mit der eine Hand verzweifelt vor das Gesicht gedrückt wurde, um die höchste Ekstase zu verbergen, während die andere hilflos durch die Luft flatterte und herabfiel wie ein Vogel, der nie wieder auffliegen wird.

Später, als sie in einer Verlassenheit schlief, wie er sie von niemandem kannte, schaute er sie an und fragte sich, was jetzt weiter mit ihm geschehen sollte. *Drei* Masken trug sie jetzt, übereinander, die asiatische, die ihrer eigenen Undurchdringlichkeit und als dritte den ebenso verhüllenden Schirm des Schlafs. Früher, bei den Eltern zu Hause, hatte auf dem Büfett eine Skulptur gestanden, ein Mädchenkopf. Es war, hatte sein Vater erzählt, die Totenmaske eines unbekannten Mädchens, das in der Seine ertrunken war. Niemand kannte ihren Namen. Es war jemand, den es gegeben hatte und den es jetzt nicht mehr gab, und niemand würde je wissen, wer sie gewesen war. Angst hatte diese Figur ihm eingeflößt, und Angst war es, die er jetzt empfand. Er hätte sie gern fotografiert, wagte es aber nicht. Das Licht der flackernden Fackeln draußen fuhr fächelnd über dieses Gesicht, als wollte es sie wieder zum Leben erwecken. Sanft deckte er ihre runden schimmernden Schultern zu und wandte sich von ihr ab. Etwas hatte begonnen, das ihn sein Leben lang beschäftigen sollte.

9

Sein Leben lang. Vor fünf Jahren hatte er das zum erstenmal gedacht, und daran hatte sich nichts geändert. Verloren starrte er auf das Mädchen vor sich, das sagte, die Espressobar werde jetzt geschlossen. »*We close, we close.*« Er zahlte und stand auf. Die fünf Jahre zwischen jener ersten Nacht und dem Augenblick, da er hier wie ein verlassener Fremdling durch die Ginza lief, hatte er meist außerhalb Japans verbracht, aber es schien wie ein einziger langer, gebogener Zeitsprung, in dem alles mit ihr in Verbindung stand. Am Morgen nach jener ersten Nacht hatten sie in der Umgebung Fotos gemacht und waren um die Mittagszeit ins Gasthaus in Ukai-Toriyama zurückgekehrt. Ein eigenartiger süßlicher Duft war ihm aufgefallen. Er hatte sie gefragt, was das sei.

»*It is mokusei.*«

Mokusei ist eine der wenigen japanischen Blumen, die duften, so lernte er später, und so hatte er sie fortan genannt, Mokusei. Jetzt hatte sie drei Namen, einen geheimen, für ihn allein, Schneemaske, ihren eigenen, Satoko, den er nie benutzte, und Mokusei. So schrieb er ihr, das war ein Name, den es nur für sie beide gab. Wie leicht, dachte er jetzt, ließ sich die Geschichte dieser fünf Jahre zusammenfassen! Bei jenem ersten Aufenthalt waren sie Tag und Nacht zusammengeblieben. Doch sie hatte sich geweigert, nach Europa mitzugehen.

»*My parents, when I go, they die.*«

Er hatte diese Eltern nie kennengelernt. Sie wohnten in Osaka, und sie wollte ihn nicht mitnehmen. Beim Abschied hatte sie geweint, und er hatte wie ein Haufen Elend im Flugzeug gesessen. Daheim konnte er sich nicht mehr eingewöhnen, er lief umher wie ein fremdes Tier, ging seinen Freunden mit Geschichten über sie auf die Nerven, die diese zunächst verrückt, später langweilig fanden. Sein Umgang mit Frauen bekam etwas Mechanisches, Abwesendes, als wäre das alles gar nicht erlaubt, und so war es ja auch. Schließlich blieben nur noch die Freundinnen, die sein mangelndes Interesse zu erregen schien oder denen es so recht war aus anderen Gründen – aus Gründen, die er, um sich selbst zu erhalten, lieber nicht wissen wollte. Oftmals stellte er sich bei einer solchen Gelegenheit vor, was sie im selben Augenblick wohl tat, rechnete aus, wie spät es bei ihr sei, und wahrscheinlich war es bei solchen Gedanken die insgeheime Wut, die es für seine Zufallspartnerin so fesselnd machte. Nach einem dieser Besuche hatte er in rasender Verzweiflung alles von den Wänden gerissen, auch ihre Fotos, weil er fand, daß sie nicht länger Zeugin dessen sein dürfe, was er als Verrat empfand. An die kahle Wand über dem Arbeitstisch hatte er eine Reproduktion von Hokusai gehängt. Es war der abgetrennte Kopf einer Frau. Die Augen waren geschlossen, zwei einsame, dunkle Striche, doch der Mund, dessen Unterlippe röter war als die obere, war geöffnet. Eine Eidechse saß auf dem Kinn des Kopfes, der umrandet von locker gewelltem Haar im Schilf lag. Rechts von dem Gesicht schimmerte ein ganz leicht hingepinselter Blutfleck, dieses Rot und das Grün der Eidechse waren die einzigen lebendigen Farben, sonst war alles braun, die einzelnen leichten Pinselstriche des Schilfs waren mitten über das stille Gesicht gezogen. Zuweilen schien es, als würde es lachen oder noch etwas sagen wollen. Er fand, daß es da eigentlich nicht hängen dürfe, aber angsterregend war es nicht, trotz der Biene, die fast genau über dem Gesicht hing und die er, wenn er allein war und lange genug hinsah, summen hören konnte. Eine seiner Freundinnen hatte behauptet, es sei morbide, und er hatte ihr insgeheim zugestimmt.

Aber es half nichts. Seine Telefonrechnung kletterte in unbezahlbare Höhen, und die Gespräche hinterließen eine wütende Leere, die nur mit neuen Gesprächen zu füllen war. Manchmal war sie tagelang nicht zu Hause, doch er hatte es sich abgewöhnt, sie danach zu fragen. Auch ihre Stimme war, so schien es, eine Maske. Von ihrem Leben wußte er nichts. Ihre Eltern, ihre Arbeit, das war alles. Einmal hatte er de Goede gefragt, ob dieser nicht etwas mehr über ihr Leben in Erfahrung bringen könne, aber der hatte gesagt: »Nein, mein Freund, das geht nicht, das ist nicht meine Aufgabe«, und er hatte sich geschämt. Kommen wollte sie nicht, auch die Bemühungen de Goedes – wenigstens dazu war dieser bereit gewesen – hatten nichts genützt. Schließlich war sein Freund nach

Singapur versetzt worden, und damit war der letzte Mensch, den sie beide kannten, verschwunden.
Als er Urlaub in Brüssel machte, waren sie zusammen essen gegangen, und de Goede hatte ihm geraten, die Sache zu beenden: »Glaub mir, ich hab das schon mal erlebt, du mußt mit ihr Schluß machen, sonst gehst du drauf.« Der Fotograf hatte sich betrunken und hatte gefragt, warum sein Freund immer so ein lächerliches Einstecktuch trage, und der hatte geantwortet »aus Todesangst«, und dann hatten sie sich zusammen weiter betrunken und in einem japanischen Restaurant schlecht aufgeführt, und es war nicht das einzige Mal, daß Arnold Pessers sich in einem japanischen Restaurant betrank.
Jedesmal, wenn er wieder einen Auftrag gefunden hatte, durch den er nach Japan konnte, stand sie am Flughafen, und sie bezogen ihr Apartment in Tokio, als wäre er nie fortgewesen. Er blieb immer so lange wie möglich, einmal sogar fast ein halbes Jahr. Daß seine Schulden daheim stiegen und ihm seine Bank keinen Kredit mehr geben wollte, be-

unruhigte ihn mehr, als er sich selbst eingestand, aber durch die Entfernung schien es, als könnten diese Dinge nicht wirklich wahr sein, und im übrigen war sein ganzes Leben unwirklich geworden, als widerführe dies alles nicht ihm, sondern einem Fremden, einem dazu engagierten Schauspieler, der, wenn er in den Spiegel sah, eine eigenartige Ähnlichkeit mit ihm, Arnold Pessers, besaß. Manchmal ging sie für ein paar Tage fort. Er blieb dann allein in ihrem Apartment, ging abends in die Stadt und saß zwischen anderen heimatlosen Europäern im Pub Cardinal in Roppongi oder hing in den Diskos herum, in denen Japaner als Neger verkleidet in Bastshorts die Getränke brachten oder wo elektrische Miniaturzüge an der Wand entlangrasten, bis er den richtigen Grad von Wahnsinn erreicht hatte. Dies war dann definitiv das »andere« Japan, ein geistiger Slum mißlungener Imitationen, ein Land, das er haßte, wie man einen Rivalen haßt. Alles, was er an ihr liebte, die Distanz, das Rätsel, das Unnahbare, schien sich hier ins Gegenteil verkehrt zu haben und ihm eine andere Maske zu zeigen, eine von mechanischer Vulgarität, die ihn bedrohte und letztendlich verjagen würde. Aber ihr gegenüber sprach er nie davon.

10

So war es bis jetzt gegangen, bis zu diesem seltsam stillen Augenblick, da er hier umherlief und seine eigenen Schritte auf dem sich leerenden Bürgersteig hörte. Aber an diesem Abend war alles anders geworden. Das Schwert, dachte er, das er schon so lange erwartet hatte, war herabgesaust, blitzend und tödlich.

Sie war mit ihm ins Imperial Hotel zum Essen gegangen, und in dieser luxuriösen Umgebung hatte sie ihm gesagt, daß dies ihr letztes Zusammensein sei, da sie demnächst heiraten werde. Es hatte wie ein Kindervers geklungen. »*I want to be near parents. I don't want to make trouble. I want to make house and have children.*« Daß sie auch noch *I love you* hinzugefügt hatte mit dieser leichten Verzögerung im l, die er bei ihr – und nur bei ihr – immer so reizvoll fand, half nun nichts mehr.

Er hatte zum wiederholten Mal gesagt, auch er wolle heiraten und Kinder haben, doch da verschloß sich dieses Gesicht wieder und sagte, daß es unmöglich sei. »*It is not possible*.«
Er war nun am Ende seiner Gedanken, am Ende seines Spaziergangs, und trat in das Apartment. Sie schlief ihren toten, ertrunkenen Schlaf, dieses Mal aber würde er sie fotografieren. Aus seinem Koffer, der schon bereitstand, weil sie am nächsten Tag, noch einmal, zum letzten Mal, nach Ukai-Toriyama fahren wollten, nahm er sein Stativ und einen hochempfindlichen Film. Er würde mit Blitzlicht arbeiten müssen. Er zupfte am Laken. Wenn es zu glatt lag, würde sie auf dem Foto wie tatsächlich tot aussehen. Das war Aberglaube – zumal dieses »Tote« zu ihrem Schlaf gehörte –, aber auch auf dem Foto wollte er an der Farbe und den Details um sie her erkennen, daß sie wirklich *schlief*. Jemand der schläft, ist nahe und zugleich weit weg, von dir und sich selbst, machtlos und dennoch machtvoll gerade durch diese Abwesenheit. Erst als er das

sechste oder siebente Mal blitzte, wurde sie wach.

»*I don't like. When I sleep it is not me.*«

»*Yes, it is you. I know.*«

»*No. When I sleep, I have no eyes. I am not blind person.*«

Sie drehte sich um. Er legte sich neben sie, fiel aber erst gegen Morgen in Schlaf. Er spürte die Wärme dieses Körpers, von dem er jeden Fleck kannte und den er in einer Ekstase erlebt hatte, die er nie mehr – das wußte er ganz genau – bei jemand anderem würde hervorrufen können oder wollen. Und gleichzeitig wurde ihm bewußt, daß er nichts von ihr wußte und auch nie etwas wissen würde. Er hätte sie aufbrechen mögen, um ihr Geheimnis zu erfahren oder um zumindest dahinterzukommen, was für ein Gefühl es sein mochte, das sie für ihn empfand, sofern sie überhaupt eines empfand. Er fiel in Schlaf wie in ein unermeßlich tiefes Loch, in dem er am liebsten geblieben wäre. Erst aber war noch Abschied zu nehmen.

11

Dieser letzte Tag wurde ein Abbild des allerersten. Die Zeit zwischen diesen beiden Tagen, all die Sehnsüchte, Briefe, Erklärungen, Liebesnächte, all diese pathetischen Telefongespräche über die grauen Steppen Sibiriens hinweg verflüchtigten sich und lösten sich in dem einen Moment auf, da er, den ewigen Berg noch immer in der Ferne vor sich, die Fotos machte, die er fünf Jahre zuvor schon einmal gemacht hatte. Selbst auf den Abzügen war später nicht zu erkennen, daß die Frau, die da stand, fünf Jahre älter geworden war, und von dem heiligen Berg konnte man das schon gar nicht sagen. Dieselbe Frau, derselbe Fotograf, derselbe Herbsttag, dasselbe Gasthaus, derselbe Duft des Mokusei. Das Leben als Erinnerung: die *samisen*, das Wasserrad, die Fackeln, das Mädchen, das ihnen voranging. Wieder wollte er, genau wie damals, weggehen, um seinen Spaziergang zu machen. Mit einer Handbewegung hielt sie ihn auf. Sie zog ihn neben sich auf die *tatami*, kleidete ihn aus, kleidete sich aus.

Nie zuvor war sie diejenige gewesen, die die Initiative ergriff. Nackt lagen sie auf der Matte neben dem niedrigen Tisch. Dies ist, dachte er, eher Krieg als etwas anderes. Wut war in ihre Liebe gemischt, eine Wut, die der seinen entsprach. Beißen, verschlingen, in den anderen ein für allemal eindringen, ihn auffressen, mitnehmen, dieses ganze hoffnungslose Unterfangen von Menschen, die in den anderen eingehen wollen, eins sein wollen und nicht können, immer wieder gezwungen werden, auseinanderzugehen, loszulassen, leere Zimmer hinter sich sammelnd, in denen Gesten und Worte, die verstümmelte Sprache nie beendeter Sätze zwischen den teilnahmslosen Dingen verfliegen müssen, die auf die nächsten Gäste warten oder nicht warten, die einfach da sind. Er fühlte sich wie einer, der eine unendlich weite Strecke zu schwimmen hat und auf der Hälfte ist, zu weit, um umzukehren, und zu weit, um den Weg fortzusetzen. Als sie endlich losließ, sich abwandte, umdrehte, das Gesicht im feinen Schilf der *tatami* barg, als ihr ganzer Körper wieder zu einer verschlossenen, uneinnehmbaren Festung geworden war, ein Gegenstand, mit dem er nichts mehr zu tun hatte, stand er auf, zog sich an und ging hinaus. Es war einen Schimmer dunkler als beim ersten Mal. Er ging an den Buddhas vorbei. Auch da hatte sich nichts verändert, mit Mühe hatten sie in diesen fünf Jahren eine Sekunde weitergezählt. Eine zwergenhafte alte Frau, tief gebeugt unter der Last aufgelesener Zweige, kam ihm als schlechtes Omen entgegen. Zweige, Feuer, Asche. Der Bach rauschte, und wer hätte er sein müssen, um ein anderes Geräusch zu hören als damals? Weiter ging er nun als beim ersten Mal. Auf der nassen Erde des kleinen Wegs sah er die flaumige Haut einer Nuß, zertreten, zermalmt. Alle Dinge schienen nun eine Bedeutung anzunehmen, die Verfärbungen im letzten Grün, das er noch erkennen konnte, die Schimmelpilze an einem Baum, schwarze, feuchte Flecken in einer Birkenrinde, alles wollte ihm etwas sagen. Ab und zu blieb er stehen, registrierte den schnellen Fluß des Wassers über einen schimmernden schwarzen Stein.

Es schien, als zählte er etwas, aber er wußte nicht, was. Selbst wenn es möglich gewesen wäre, hätte er jetzt nicht fotografieren wollen: Dies sollte nun *nicht* bewahrt werden, dies war für ihn und nur für ihn allein. Er nahm einen Weg hinauf, in die Dunkelheit hinein, schritt über dicke, glatte Bambusstöcke, die als Steg über den Fluß gelegt waren, lauschte dem Gurgeln und Gluckern des Wassers. Welche entschwundenen Füße hatten diesen Weg ausgetreten, hatten Natur aus ihm gemacht? Unter der Wasseroberfläche schien der Grund selbst zu fließen. Irgendwo lag ein Stoß Holzblöcke, eine feste, dunkle Form, als wären sie zusammengewachsen. Vor hundert Jahren war hier ein Holzfäller gewesen, der sie für den nächsten Tag bereitgelegt hatte, aber er war nie mehr zurückgekommen. Mokusei. Er hörte sich selbst ihren Namen laut sagen und blieb stehen. Dies also war Angst, was er jetzt empfand. Etwas Unwiderrufliches geschah mit ihm. Er drehte sich um. Aus der Richtung, aus der er gekommen war, kam Nebel auf, losgerissene, schwebende Gestalten, die es auf ihn abgesehen hatten, ihn einzukreisen, einzuhüllen, ihn an diesem Holzstoß gefangenzuhalten, hundert Jahre, tausend Jahre, für immer.

Als er keuchend und verschrammt und noch immer von den Nebelschwaden verfolgt, rennend und stolpernd zum Gasthaus zurückgekehrt war, sah er ihr Auto nicht mehr. Von den Gesichtern des Personals war nichts abzulesen. Er ging in ihr Zimmer und schob die Tür auf. Auf dem Tisch stand nur eine Reisschale. Zum zweitenmal an diesem Abend hörte er sich ihren Namen sagen, obwohl sie nicht da war. Mokusei. Er zog die Schuhe aus, ging hinein und hockte sich an den Tisch. Jetzt mußte er sich der Trauer stellen, die er zeit seines Lebens, auch wenn es lange dauern sollte, nie wieder würde abschütteln können. Sie würde vergehen, wie alles, aber er würde nie das Gefühl loswerden, daß er selber es war, der verging.

Aiku-Wakamatsu, Amsterdam,
Herbst 1980.

Glossar

Ginza	Geschäfts- und Einkaufsviertel in Tokio
Kabuki	(Kabuki-za) volkstümliches japanisches Theater
kakemono	Rollbild
Kyo	japanisches Restaurant in Amsterdam
mizutaki	gekochtes Huhn
Okura	japanisches Hotel in Amsterdam
ryokan	japanisches Gasthaus
samisen	dreisaitige Laute
sashimi	Gericht aus rohem Fisch
suimono	klare Suppe
tatami	Binsenmatte
zabuton	Sitzkissen

Die Bücher von Cees Nooteboom
im Suhrkamp Verlag:

Rituale. Roman. 1985
suhrkamp taschenbuch 1698. 1989

In den niederländischen Bergen.
Roman. 1987

Ein Lied von Schein und Sein
Bibliothek Suhrkamp 1024. 1989

Mokusei. Eine Liebesgeschichte. 1990